© PMI 1992

From ————————

————————

————————

To ————————————

————————————

————————————

————————

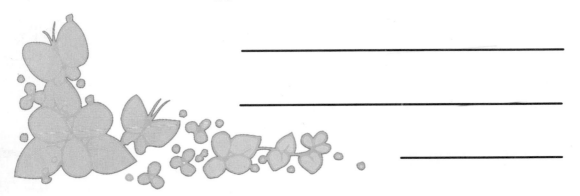

From _____
_____
_____

To _____
_____
_____
_____

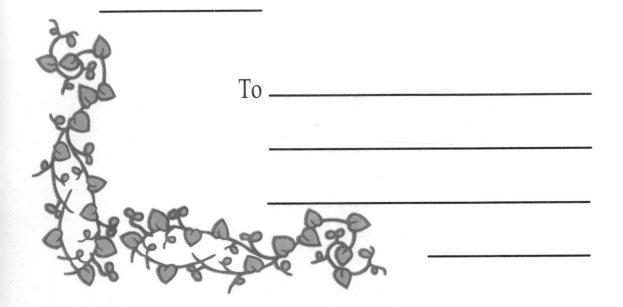

© PMI 1992

From _____

_____

_____

To _____

_____

_____

_____

From _____
_____
_____

PUT
STAMP
HERE

To _____
_____
_____
_____

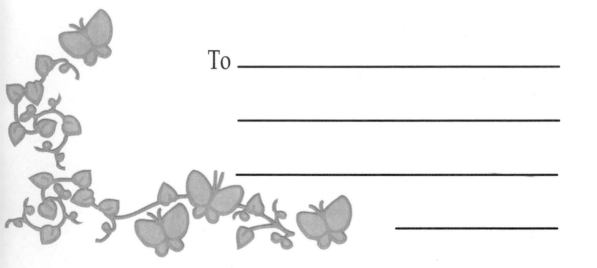

From ————————————

————————————

————————————

To ————————————————————

————————————————————

————————————————————

————————————

PUT
STAMP
HERE

From ————————
————————
————————

To ————————————

————————————

————————————

————————